こころ

谷川俊太郎

朝日新聞出版

装幀　岡本健＋

こころ

こころ1

ココロ
こころ
心
ｋｏｋｏｒｏ　ほら
文字の形の違いだけでも
あなたのこころは
微妙にゆれる

ゆれるプディング
宇宙へとひらく大空
底なしの泥沼
ダイヤモンドの原石
どんなたとえも
ぴったりの…

心は化けもの？

こころ2

心はどこにいるのだろう
鼻の頭にニキビができると
心はそこから離れない
だけどメールの着信音に
心はいそいそすっ飛んで行く

心はどこへ行くのだろう
テレビドラマを見ていると
心は主役といっしょに旅を続ける
でも体はいつもここにいるだけ
やんちゃな心を静かに守る

体は元気いっぱいなのに
心は病気がこわくて心配ばかり
そんな心に追いつけなくて
そんな心にあきれてしまって
体はときどき座りこむ

こころ3

朝　庭先にのそりと猫が入ってきた
ガラス戸越しに私を見ている
何を思っているのだろう
と思ったらにやりと猫が笑った
（ように思えた）

これ見よがしに伸びをして猫は去ったが
見えない何かがあとに残っている
それは猫のあだごころ？
それとも私のそらごころ？
空はおぼろに曇っている

猫がこれから行くところ
私がこれから行かねばならないところ
どちらも遠くではないはずだが
なぜか私は心もとない

彼女を代弁すると

「花屋の前を通ると吐き気がする
どの花も色とりどりにエゴイスト
青空なんて分厚い雲にかくれてほしい
星なんてみんな落ちてくればいい
みんななんで平気で生きてるんですか
ちゃらちゃら光るもので自分をかざって
ひっきりなしにメールチェックして
私　人間やめたい
石ころになって誰かにぶん投げてもらいたい
でなきゃ泥水になって海に溶けたい」

無表情に梅割りをすすっている彼女の
Ｔシャツの下の二つのふくらみは
コトバをもっていないからココロを裏切って
堂々といのちを主張している

こころ　ころころ

こころ　ころんところんだら
こころ　ころころころがって
こころ　ころころわらいだす

こころ　よろよろへたりこみ
こころ　ごろごろねころんで
こころ　とろとろねむくなる

こころ　さいころこころみて
こころ　ころりとだまされた
こころ　のろのろめをさまし
そろそろこころ　いれかえる

キンセン

「キンセンに触れたのよ」
とおばあちゃんは繰り返す
「キンセンって何よ？」と私は訊《き》く
おばあちゃんは答えない
じゃなくて答えられない　ぼけてるから
じゃなくて認知症だから

辞書ひいてみた　金銭じゃなくて琴線だった
心の琴が鳴ったんだ　共鳴したんだ
いつ？　どこで？　何が　誰が触れたの？
おばあちゃんは夢見るようにほほえむだけ

ひとりでご飯が食べられなくなっても
ここがどこか分からなくなっても
自分の名前を忘れてしまっても
おばあちゃんの心は健在

私には見えないところで
いろんな人たちに会っている
きれいな景色を見ている
思い出の中の音楽を聴いている

うざったい

好きってメール打って
ハートマークいっぱい付けたけど
字だとなんだか嘘《うそ》くさいのは
心底好きじゃないから？

でも会って目を見て
キスする前に好きって言ったら
ほんとに好きだって分かった
声のほうが字より正直

だけど彼は黙ってた
そのとたんほんの少し私はひいた
ココロってちっともじっとしてないから
ときどきうざったい

分からない

ココロは自分が分からない
悲しい嬉《うれ》しい腹が立つ
そんなコトバで割り切れるなら
なんの苦労もないのだが

ココロはひそかに思っている
コトバにできないグチャグチャに
コトバが追いつけないハチャメチャに
ほんとのおれがかくれている

おれは黒でも白でもない
光と影が動きやまない灰の諧調《かいちょう》
凪《なぎ》と嵐を繰り返す大波小波だ
決まり文句に殺されたくない！

だがコトバの檻《おり》から逃げ出して
心静かに瞑想《めいそう》してると
ココロはいつか迷走している（笑）

靴のこころ

ふと振り向いたら
脱ぎ捨てたスニーカーが
たたきの上で私をみつめていた
くたびれて埃《ほこり》まみれで
あきらめきった表情だが
悪意はひとつも感じられない

靴にもこころがある
自分にもこころがあるからそれが分かる
靴は何も言わないが
何年も私にはかれて
街を歩き道に迷い時にけつまずいた
もう身内同然だ

新しい靴がほしいのだが……

水のたとえ

あなたの心は沸騰しない
あなたの心は凍らない
あなたの心は人里離れた静かな池
どんな風にも波立たないから
ときどき怖くなる

あなたの池に飛びこみたいけど
潜ってみたいと思うけど
透明なのか濁っているのか
深いのか浅いのか
分からないからためらってしまう

思い切って石を投げよう　あなたの池に
波紋が足を濡《ぬ》らしたら
水しぶきが顔にかかったら
わたしはもっとあなたが好きになる

曇天

重苦しい曇り空だが単調じゃない
灰色にもいろんな表情があって
楽譜のように目がそれをたどっていると
ココロが声にならない声でハミングし始める
昨日あんなつらいことがあったのに

目をつぶると今度は北国の海の波音が
形容詞を消し名詞を消し動詞を疑問符を消す
「おれにはおまえが分からんよ」
ココロに向ってアタマはつぶやく
「おれたちはいっしょになって悪魔を創《つく》った
力合わせて天使も創った
それなのにおまえはおれを置き去りにして
どこかへふらふら行ってしまう」

空と海を呑《の》みこんで
ココロはひととき
「無心」にただよっている

建前

建前を壊したいが
建前は頑丈だ
体当たりするがびくともしない
本音をのぞきたくとも
窓ひとつない

建前よ
おまえは本音を狂わせる
高い塀で囲いこんで
守っているつもりの本音が
いつか暴動を起こしたらどうするんだ

だがよく見ると
建前にヒビが入っている
そこから本音が滲《にじ》み出ている
決壊前のダムさながら

悲しみについて

舞台で涙を流しているとき
役者は決して悲しんではいない
観客の心を奪うために
彼は心を砕いているのだ

悲しみを書こうとするとき
作家は決して悲しんではいない
読者の心を摑《つか》むために
彼女は心を傾けているのだ

悲しげに犬が遠吠《とおぼ》えするとき
犬は決して悲しんではいない
なんのせいかも分からずに
彼は心を痛めているだけ

散歩

やめたいと思うのにやめられない
泥水をかき回すように
何度も何度も心をかき回して
濁りきった心をかかえて部屋を出た

山に雪が残っていた
空に太陽が輝いていた
電線に鳥がとまっていた
道に犬を散歩させる人がいた

いつもの景色を眺めて歩いた
泥がだんだん沈殿していって
心が少しずつ透き通ってきて
世界がはっきり見えてきて

その美しさにびっくりする

こころのうぶ毛

隠れているこころ
誰も知らない
自分でも気づいていないこころ
そのこころのうぶ毛に
そっと触れてくるこの音楽は
ごめんなさい
あなたのどんな愛撫《あいぶ》よりも
やさしいのです

宇宙が素粒子の繊細さで
成り立っているのを
知っているのは
きっと魂だけですね
あなたのこころは
私の魂を感じてくれていますか？

道

歩いてもいないのに
どこからか道がやって来た
草木を連れて
地平線を後ろ手にかくして

体は歩いていなくても
心はおずおずと道に従い
丘を上り川を渡る
この道はどこへ通じているのか

これは自分だけの道だ
心がそう納得したとたん
向こうから言葉がやって来た
がやがやとうるさい他人を
ぞろぞろ引き連れて

アタマとココロ

「怒りだろ？」とアタマに訊《き》かれて
「それだけじゃない」とココロは答える
「口惜しさなのか？」と問われたら
「それもある」と歯切れが悪い
「憎んでるんだ」と突っこまれると
「うーん」とココロは絶句する

アタマはコトバを繰り出すけれど
割り切るコトバにココロは不満
コトバで言えない気持ちに充電されて
突然ココロのヒューズが切れる！

殴る拳と蹴《け》飛《と》ばす足に
アタマは頭を抱えてるだけ

捨てたい

私はネックレスを捨てたい
好きな本を捨てたい
携帯を捨てたい
お母さんと弟を捨てたい
家を捨てたい
何もかも捨てて
私は私だけになりたい

すごく寂しいだろう
心と体は捨てられないから
怖いだろう　迷うだろう
でも私はひとりで決めたい
いちばん欲しいものはなんなのか
いちばん大事なひとは誰なのか
一番星のような気持ちで

悔い

何度繰り返せば気がすむのだろう
心は　悔いを
わざとかさぶたをはがして
滲《にじ》んだ血を陽《ひ》にさらして
それを償いと思いこもうとして

子犬の頭を撫《な》でながら
遠い山なみを眺めながら
口元に盃《さかずき》を運びながら
思いがけぬ時に　ふと
心は行き止まりに迷いこみ

引き返すことができずに
立ちすくむ

心の皺

セピア色の写真の中の三歳の私
母の膝で笑っている
この子と喜寿の私が同一人物？

心臓に毛が生えたぶん
頭からは毛がなくなって
だけど不安と恐れはそのままで

心は体ほどには育たない
としても心にも皺《しわ》は増えた
顔と同じに　脳と同じに？
もみくちゃにされ丸められ
磨く暇もなかった心
芯にはいったい何があるのか

あの日

もう思い出せないことばは
どこへ行ってしまったのだろう
病む人のかたわらに座り
とりとめのない話をしたあの日

微笑《ほほえ》みは目にやきついているのだが
話したことはきっと
あの人が持って行ってしまったのだ
ここではないどこかへ

いやもしかすると
私がしまいこんでしまったのか
心のいちばん深いところへ
取り返しのつかない哀《かな》しみとともに

うつろとからっぽ

心がうつろなとき
心の中は空き家です
埃《ほこり》だらけクモの巣だらけ
捨てられた包丁が錆《さ》びついている

心がからっぽなとき
心の中は草原です
抜けるような青空の下
はるばると地平線まで見渡せて

うつろとからっぽ
似ているようで違います
心という入れものは伸縮自在
空虚だったり空だったり
無だったり無限だったり

夕景

たたなづく雲の柔肌の下
味気ないビルの素顔が
夕暮れの淡い日差しに化粧され
見慣れたここが
知らないどこかになる
知らないのに懐かしいどこか
美しく物悲しいそこ
そこがここ

いま心が何を感じているのか
心にも分からない

やがて街はセピアに色あせ
正邪美醜愛憎虚実を
闇がおおらかにかきまぜる

旋律

わずか四小節の
その旋律にさらわれて
私は子どもに戻ってしまい
行ったことのない夏の海辺にいる

防風林をわたる風が
裸の肩を撫《な》でる
パラソルをさした母親は
どこか遠くをみつめている

前世の記憶のかけらかもしれない
そこでも私は私だったのか
こころが見えない年輪の渦巻《うずまき》に
どこまでも吸いこまれてゆく

隙間風

あのひとがふっと口をつぐんだ
昨夜のあの気まずい間
わたしが小さく笑ってしまって
よけい沈黙が長引いた

ココロのどこかに隙間ができて
かぼそい風が吹きぬける
哀しみなのか悔いなのか
小さな怖れとかすかな怒り

水気なくした大根のように
煮すぎた豆腐のように
心にスが入ってしまった
今朝のわたし

心の色

食べたいしたい眠りたい
カラダは三原色なみに単純だ
でもそこにココロが加わると
色見本そこのけの多様な色合い

その色がだんだん褪《あ》せて
滲《にじ》んで落ちてかすれて消えて
ココロはカラダと一緒に
もうモノクロの記念写真

いっそもう一度
まっさらにしてみたい
白いココロに墨痕淋漓《りんり》
でっかい丸を描いてみたい

ペットボトル

中身を飲み干され
空になってラベルを剥《は》がされ
素裸で透き通るペットボトル
お前は美しい　と心は思う

20101229／CA
からだに刺青《いれずみ》された一連の数字
これがお前の存在証明？
そんなもの要らない　と心は呟《つぶや》く

何ひとつ隠さない肌の向こうで
コスモスがそよ風に揺れて
空っぽのペットボトルは
つつましくこの世の一隅にいる

目だけで

じっと見ているしかない
いやじっと見ているだけにしたい
手も指も動かさずふんわりと
目であなたを抱きしめたい
目だけで愛したい
ことばより正確に深く
じっといつまでも見続けて
一緒に心の宇宙を遊泳したい

そう思っていることが
見つめるだけで伝わるだろうか
いまハミングしながら
洗濯物を干してるあなたに

裸身

限りなく沈黙に近いことばで
愛するものに近づきたいと
多くのあえかな詩が書かれ
決して声を荒らげない文字で
それらは後世に伝えられた

口に出すと雪のように溶けてしまい
心の中でしか声に出せないことば
意味を後ろ手に隠していることばが
都市の喧騒《けんそう》にまぎれて　いまも
ひそかに白い裸身をさらしている

ココロノコト

たどたどしい日本語でその大男は
「ココロノコト」と言ったのだ
「ココロノコトイツモカンガエル」
体のことでもお金のことでも
政治のことでもない
心のこと

心事という言葉は多分知らない男の
心事より切実に響く〈心のこと〉
柔和な目をした大男は言う
「カミサマタスケテクレナイ」
世界中の聖地を巡る旅を終えて
妻子のもとへ帰るという
故郷の町では不動産業を営むとか

絵

女の子は心の中の地平線を
クレヨンで画用紙の上に移動させた
手前には好きな男の子と自分の後姿《うしろすがた》
地平に向かって手をつないでいる

何十年も後になって彼女は不意に
むかし描いたその絵を思い出す
そのときの自分の気持ちも
男の子の汗くささといっしょに

わけも分からず涙があふれた
夫に背を向けて眠る彼女の目から

午前四時

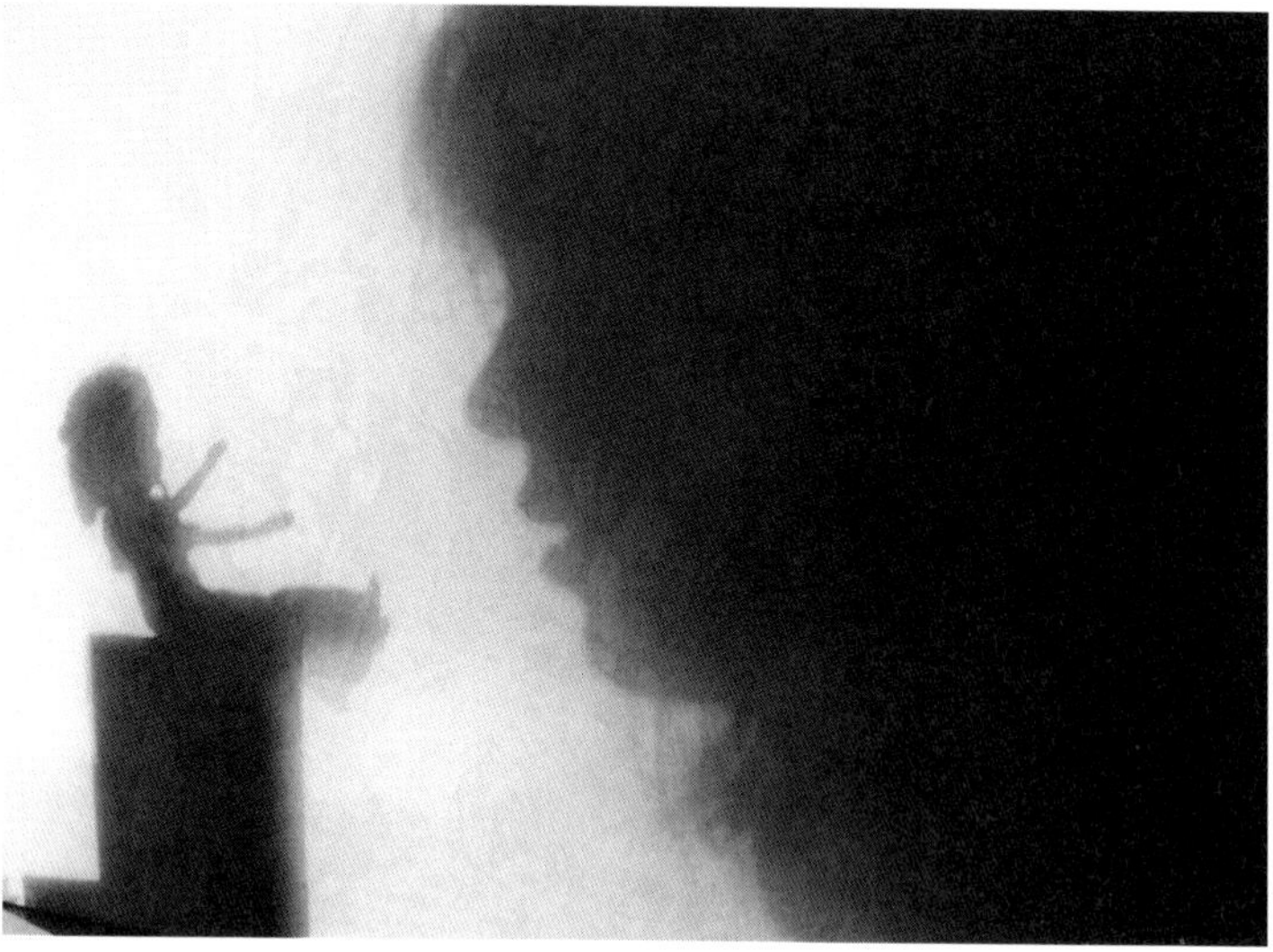

枕もとの携帯が鳴った
「もしもし」と言ったが
息遣いが聞こえるだけ
誰なのかは分かっているから
切れない

無言は恐ろしい
私の心はフリーズする

言葉までの道のりの途中で
迷子になったふたつの心を
宇宙へと散乱する無音の電波が
かろうじてむすんでいる

朝の光は心の闇を晴らすだろうか

心よ

心よ
一瞬もじっとしていない心よ
どうすればおまえを
言葉でつかまえられるのか
滴り流れ淀《よど》み渦巻く水の比喩《ひゆ》も
照り曇り閃《ひらめ》き翳《かげ》る光の比喩も
おまえを標本のように留めてしまう

音楽ですらまどろこしい変幻自在
心は私の私有ではない
私が心の宇宙に生きているのだ
光速で地獄極楽を行き来して
おまえは私を支配する
残酷で恵み深い
心よ

手と心

手を手に重ねる
手を膝《ひざ》に置く
手を肩にまわす
手で頰に触れる
手が背を撫《な》でる
手と心は仲がいい

手がまさぐる
手は焦る
手が間違える
手は迷走し始めて
手ひどく叩《たた》かれる
手はときに早すぎる
心よりも

丘の音楽

私を見つめながら
あなたは私を見ていない
見ているのは丘
登ればあの世が見える
なだらかな丘の幻
そこでは私はただの点景

音楽が止《や》んで
あなたは私に帰ってくる
終わりのない物語の
見知らぬ登場人物のように

私のこころが迷子になる
あなたの愛を探しあぐねて

まどろみ

老いはまどろむ
記憶とともに
草木とともに
家猫のかたわらで
星辰《せいしん》を友として

老いは夢見る
一寸先の闇にひそむ
ほのかな光を
まどろみのうちに
世界と和解して

老いは目覚める
自らを忘れ
時を忘れて

シヴァ

大地の叱責《しっせき》か
海の諫言《かんげん》か
天は無言
母なる星の厳しさに
心はおののく

文明は濁流と化し
もつれあう生と死
浮遊する言葉
もがく感情

破壊と創造の
シヴァ神は
人語では語らず
事実で教える

言葉

何もかも失って
言葉まで失ったが
言葉は壊れなかった
流されなかった
ひとりひとりの心の底で

言葉は発芽する
瓦礫《がれき》の下の大地から
昔ながらの訛《なま》り
走り書きの文字
途切れがちな意味

言い古された言葉が
苦しみゆえに甦《よみがえ》る
哀《かな》しみゆえに深まる
新たな意味へと
沈黙に裏打ちされて

ありがとうの深度

心ここにあらずで
ただ口だけ動かすありがとう
ただ筆だけ滑るありがとう
心得顔のありがとう

心の底からこんこんと
泉のように湧き出して
言葉にするのももどかしく
静かに溢《あふ》れるありがとう

気持ちの深度はさまざまだが
ありがとうの一言に
ひとりひとりの心すら超えて
世界の微笑がひそんでいる

遠くへ

心よ　私を連れて行っておくれ
遠くへ
水平線よりも遠く
星々よりももっと遠く
死者たちと
微笑《ほほえ》みかわすことができるところ
生まれてくる胎児たちの
あえかな心音の聞こえるところ
私たちの浅はかな考えの及ばぬほど
遠いところへ　心よ
連れて行っておくれ
希望よりも遠く
絶望をはるかに超えた
遠くへ

出口

自分で作った迷路に迷って
出口を探してうろうろしてる
上を見ればまだお天道様がいるのに
下を掘ればまだ水も湧くのに
前ばかり見て歩いていくから
どっちに向かってるのか
いつかそれさえ分からなくなって
心は迷子

いっそ出口はないと得心して
他でもないここに出口ならぬ
新しい入り口を作ってはどうか

五時

誰かは知らない
でも誰かを待っている
そう思いながら座ってる
西日がまぶしい
生まれたときから待っている
そんな気がする
恋人には言わなかった
夫にも言ってない

待っていたのはこの人
と思ったことが一度だけあった
（多分早とちり）

あ　もう五時
スイッチ入れなきゃ

白髪

嘘じゃない
でも本当かと問われると怯《ひる》む
隠してるんじゃない
言葉を探しあぐねて
堂々巡りしてしまうんだ
せめぎあう気持ちは
一言では言えない
言えば嘘になる
だから歯切れが悪いんだ
言葉ってしんどいな
静寂が欲しい
ちょっと休戦しよう

きみも白髪が増えたね

問いに答えて

悲しいときに悲しい詩は書けません
涙こらえるだけで精一杯
楽しいときに楽しい詩は書きません
他のこととして遊んでいます

詩を書くときの心はおだやか
人里離れた山間《やまあい》のみずうみのよう
喜怒哀楽を湖底にしずめて
静かな波紋をひろげています

〈美〉にひそむ〈真善〉信じて
遠慮がちに言葉を置きます
あなたが読んでくだされば
心が活字の群れを〈詩〉に変える

おのれのヘドロ

こころの浅瀬で
もがいていてもしようがない
こころの深みに潜らなければ
おのれのヘドロは見えてこない

偽善
迎合
無知
貪欲《どんよく》

自分は違うと思っていても
気づかぬうちに堆積《たいせき》している
捨てたつもりで溜《た》まるもの
いつまでたっても減らぬもの

鏡

なるほどこれが「私」という奴か
ちんこい目が二つありふれた耳が二つ
鼻と口が一つずつ
中身はさっぱり見えないが
多分しっちゃかめっちゃかだろう
とまれまた一つ年を重ねて
おめでとうと言っておく
お日様は今日も上って
富士山もちゃんとそびえてるから
私も平気で生きていく
もちろんあなたといっしょに
ありとある生き物といっしょに

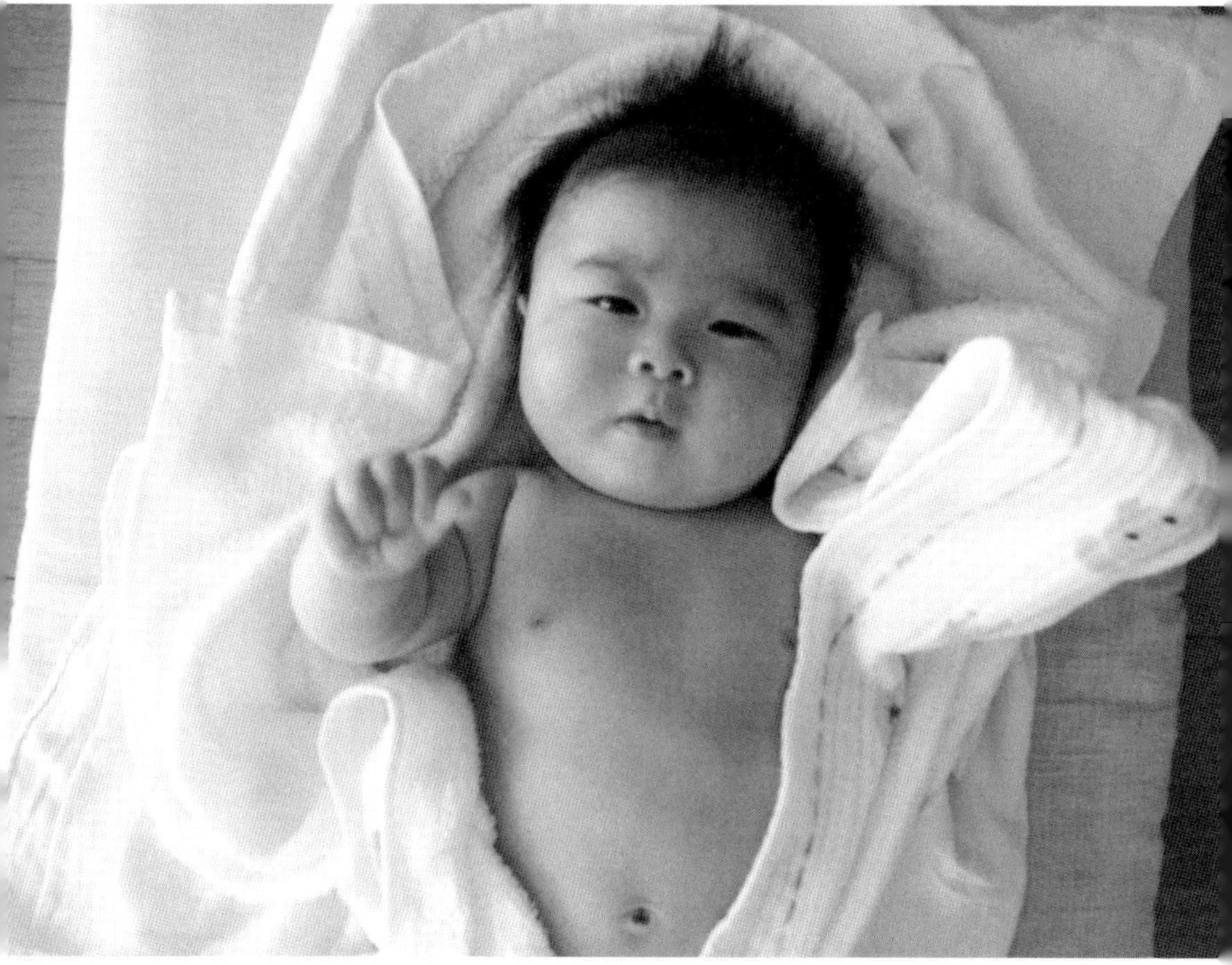

シミ

妬《ねた》みと怒りで汚れた心を
哀しみが洗ってくれたが
シミは残った
洗っても洗っても
おちないシミ
今度はそのシミに腹を立てる

真っ白な心なんてつまらない
シミのない心なんて信用できない
と思うのは負け惜しみじゃない
できればシミもこみで
キラキラしたいのだ
(万華鏡のように？)

私の昔

私の昔はいつなんだろう
去年がまるで昨日のようで
子ども時代もまだ生々しくて
生まれた日から今日までが
ちっとも歴史になってくれない

還暦古稀から喜寿傘寿
過ぎればめでたい二度童子《にどわらし》
時間は心で伸びて縮んで
暦と似ても似つかない

私の昔はいつなんだろう
誕生以前を遡《さかのぼ》り
ビッグバンまで伸びているのか

ふたつの幸せ

心の中で何かが爆発したみたいに
いま幸せだ！って思う
理由なんて分かんない
ただ訳もなく突然幸せになる瞬間
晴れてても曇りでも雨でも雪でも
まわりは不幸せな人でいっぱい
私だって悩みがいっぱい
でもなんだろね　ほんと
あっという間に消えるんだけど
その瞬間の喜びは忘れない
そんなことってない？

老人は微笑《ほほえ》んで少女を見つめる
爆発とはほど遠いが
いまの穏やかな幸せに包まれて

一心

生きのびるために
生きているのではない
死を避けるために
生きているのではない

そよ風の快さに和む心と
竜巻の禍々《まがまが》しさに怯《おび》える心は
別々の心ではない
同じひとつの私の心

死すべきからだのうちに
生き生きと生きる心がひそむ
悲喜こもごもの
生々流転の

買い物

隠しているのではない
秘密にしておきたいわけでもない
やましいことは何一つない
誰に話してもかまわない
ささやかな買い物　でも
知っているのは世界中で
自分ひとりだけ

いつかは忘れてしまうだろう
私の心のジグソーの一片
でもそんなかけらが合わさって
私という人間がいる
不思議

Let's Go!

こころから

子どもたちに

こころはいれもの
なんでもいれておける
だしいれはじゆうだけど
ださずにいるほうがいいもの
だしたほうがいいもの
それはじぶんできめなければ

こころからだしている
みえないぎらぎら
みえないほんわか
みえないねばねば
みえないさらさら
こころからでてしまう
みえないじぶん

心の居場所

今日から逃れられないのに
心は昨日へ行きたがる
そわそわ明日へも行きたがる
今日は仮の宿なのだろうか

ここから逃れられないのに
心はここから出て行きたがる
どこか違う所へ行きたがる
行けばそこもここになるのに

宇宙の大洋に漂う
小さな小さなプランクトン
自分の居場所も分からずに
心はうろうろおろおろ迷子です

孤独

この孤独は誰にも
邪魔されたくない
と思った森の中のひとりの午後
そのひとときを支えてくれる
いくつもの顔が浮かんだ
今はここにいて欲しくない
でもいつもそこにいて欲しい
いてくれるだけでいい
いてくれていると信じたい

嫌われているとしても
嫌われることでひとりではない
忘れられているとしても
私は忘れない
孤独はひとりではない

腑に落ちる

分かったのかと私が言うと
分かったと言う
腑《ふ》に落ちたかと念を押すと
腑に落ちましたと答える
腑ってどこだと私が問うと
どこかこのあたりと下腹を指す

そこには頭も心もないから
落ちてきたのは言葉じゃない
それじゃいったい何なんだ
分かりませんと当人は
さっき泣きじゃくったせいか
つき物が落ちたみたいに涼しい顔

心は

見えてしまうものに
目をつぶる
聞こえてくるものに
耳をふさぐ
臭ってくるものに
鼻をつまむ
叫びたいときに
口をつぐむ

心はときに
五感を裏切り
六感を信じない
心はときに
自らを偽っていることに
気づかない

絶望

絶望していると君は言う
だが君は生きている
絶望が終点ではないと
君のいのちは知っているから

絶望とは
裸の生の現実に傷つくこと
世界が錯綜《さくそう》する欲望の網の目に
囚《とら》われていると納得すること

絶望からしか
本当の現実は見えない
本当の希望は生まれない
君はいま出発点に立っている

ゆらゆら

ゆらゆら揺れる
揺れている
気づかずにいつの間にか
揺れ始めている
揺れている
木々が
こころが
私が
世界も
ゆるやかに揺れて
揺られて
不安
でも赤ん坊のように
身をまかせて
ゆらゆら

記憶と記録

こっちでは
水に流してしまった過去を
あっちでは
ごつい石に刻んでいる
記憶は浮気者
記録は律義者

だがいずれ過去は負ける
現在に負ける
未来に負ける
忘れまいとしても
身内から遠ざかり
他人行儀に
後ろ姿しか見せてくれない

そのあと

そのあとがある
大切なひとを失ったあと
もうあとはないと思ったあと
すべて終わったと知ったあとにも
終わらないそのあとがある

そのあとは一筋に
霧の中へ消えている
そのあとは限りなく
青くひろがっている

そのあとがある
世界に　そして
ひとりひとりの心に

初出

朝日新聞に「今月の詩」として二〇〇八年四月から二〇一一年三月、および二〇一一年五月から二〇一三年三月まで連載。「シヴァ」のみ二〇一一年四月に発表を見合わせ、二〇一三年三月四日に掲載。

なお、本書への収録は執筆された順にあらためた。

写真

カバー……菅原由紀
p13……安倍 隆
p21……中山悠子
p37……熊坂真理恵
p41……梶原光生
p59……阿見寺篤
p61……さとう陽子
p65……大和かすみ
p66……増田瑞穂
p73……二宗玲子
p81……谷川俊太郎
p82……大野なな江
p85……正木亜美子
p88……高橋洋介
p95……川口美穂
p97……相馬多智也
p105……林三恵子
p113……上田一也

谷川俊太郎　*Shuntaro Tanikawa*

詩人。一九三一年、東京生まれ。五二年、詩集『二十億光年の孤独』でデビュー。作詞、絵本、翻訳、映画脚本など幅広いジャンルで活動し、八二年『日々の地図』で読売文学賞、九六年朝日賞、二〇〇六年『シャガールと木の葉』で毎日芸術賞、二〇〇八年『私』で詩歌文学館賞、一〇年『トロムソコラージュ』で鮎川信夫賞、ほか受賞多数。また、二〇一一年には震災をきっかけに、詩「生きる」(一九七一年『うつむく青年』所収)がさまざまな場所で読み直されて大きな話題となった。近著に佐野洋子との復刊詩集『女に』、詩集『自選 谷川俊太郎詩集』、写真集『写真』、エッセイ集『散文』、宇野亜喜良との絵本『おおきなひとみ』などがある。

こころ

二〇一三年六月三〇日　第一刷発行
二〇二四年二月二八日　第十一刷発行

著者　谷《たに》川《かわ》俊《しゅん》太《た》郎《ろう》

発行者　宇都宮健太朗
発行所　朝日新聞出版
郵便番号　一〇四―八〇一一　東京都中央区築地五―三―二
電話　〇三―五五四一―八八三二（編集）
〇三―五五四〇―七七九三（販売）

印刷製本　図書印刷株式会社

ISBN 978-4-02-251094-5
定価はカバーに表示してあります
落丁・乱丁の場合は弊社業務部（電話03-5540-7800）へご連絡ください。
送料弊社負担にてお取り替えいたします。